Visionaria

Una vida con propósito

Por:
Janneth Hernández

Jóvenes Escritores Latinos
#JEL
Creando activistas a través de las letras
info@editorialjel.org

Visionaria

Editorial #JEL - Jóvenes Escritores Latinos

@JEL2014/Jóvenes Escritores Latinos

escritoresjel

info@editorialjel.org
1-626-975-9057

ISBN: 978-1-953207-74-6

Para contactar a la Escritora Janneth Hernández:
hdezjanneth12@gmail.com
Tel:773 639 4984

facebook.com/Eliza1231

#JEL
Jóvenes Escritores Latinos
info@editorialjel.org

Yo soy Janneth Hernández y esta es mi historia como visionaria.

Janneth Hernández

PRÓLOGO

Por la Activista y Escritora Best Seller Miriam Burbano

Realmente no podemos controlar las circunstancias de nuestras vidas pero si como reaccionamos a esas circunstancias.

Es aquí donde podemos ver los paralelos de lo que ha sido la vida de la conferencista y escritora best seller Janneth Hernandez, la vida que le tocó vivir y su decisión de convertirse en VISIONARIA diseñando su propio destino a pesar de que todos o todo apostaba en su contra.

En este libro VISIONARIA, Hernández nos comparte técnicas prácticas del diario vivir que le han funcionado para que hoy sea fuente de inspiración, cambio y progreso no solo para ella, sino para su familia y miles de personas en nuestra comunidad nacional e internacional.

El solo hecho de leer y contestar las preguntas del capítulo uno de este libro llevará a cualquier persona a clarificar sus propios objetivos de vida. De la misma manera, si leyendo estas preguntas no hay respuesta, podría ser el primer paso para identificar el porqué hay tantas vidas que simulan un barco a la deriva lo que en muchos casos resulta en un sentimiento de vacío e intranquilidad.

Hernández habla del poder de la autoestima, de la persistencia y de la importancia de identificar y superar los miedos como ella lo hizo al entender que la vida no es una línea recta, sino por el contrario, practicar el ser positiva y tomar lo mejor de cada circunstancia independientemente de los planes que se habían creado. Su forma de tomar cada experiencia como una oportunidad de aprendizaje hace que Hernández sea hoy ejemplo a seguir en su vida personal y profesional.

Una característica importante de Hernández es su generosidad que se manifiesta cuando ella descubre o aprende algo e inmediatamente busca formas de que los demás también experimenten estas nuevas formas de éxito o de satisfacción.

Un punto importante en el libro VISIONARIA es la liberación de culpas de la cual Hernández parecería ser experta puesto que recomienda hacer y decir cosas no por satisfacer a los demás sino por empoderarse a sí misma logrando así, empoderar a los demás.

Para mi ha sido un gran honor conocer a Janneth Hernández como una mujer soñadora que pone valor y acción a cada una de sus aspiraciones sin pretender que alcanzar sus objetivos sea una tarea fácil. Ella comenta que nada se consigue con solo soñar, que el trabajo y la persistencia es lo que da resultados. Hoy, siendo una escritora Best Seller en los Estados Unidos de América toma de la mano de otros, para que como ella, se conviertan en orgullos hispanos desafiando y conquistando horizontes que un día solo fueron realidades de otros.

Otra de las formas de como Hernández apoya a la comunidad es escribiendo y practicando frases motivacionales que ayudan a muchos en la cotidianidad o en los momentos de retos que una vida normal ofrece.

Gracias a las redes sociales, se podría pensar que la vida de Hernández ha sido una secuencia de éxitos y alegrías pero leyendo sus libros, nos damos cuenta de que ahora es una experta en tomar los retos de su propia vida para empoderar aún más a la gran mujer VISIONARIA que lleva dentro.

Felicitaciones por la publicación de este libro que en cada página lleva el sentimiento de la superación de un reto más.

Janneth Hernández

Visionaria

Agradecimiento

Mi más profundo agradecimiento a todas y cada una de las personas que me han brindado su apoyo en este recorrido, en cada etapa de mi vida y de mi transformación, en especial, a mi familia, de todo corazón gracias por su paciencia y amor incondicional. Gracias por estar a mi lado en los momentos más difíciles, y en los más importantes de mi vida, por caminar conmigo y ser parte de este recorrido.

También Agradezco de todo infinitamente a cada una de las mujeres que han impulsado iniciativas para crear cambios en los derechos de las mujeres a lo largo de la historia, porque gracias a ellas tenemos hoy libertad de expresión y podemos soñar y crear una mejor vida, eso me motiva a ser mejor cada día y a sacar lo mejor de mi. Un agradecimiento especial a Ana Romero y a Xochilt Espinosa. Gracias por confiar en mí y abrirme las puertas, quienes con la enseñanza de sus valiosos conocimientos hicieron que pueda crecer día a día en lo personal y como profesional, gracias a cada una de ustedes por su paciencia, dedicación, apoyo incondicional y amistad sincera.

Por último, mi más sincero agradecimiento a Miriam Burbano y a la editorial Jóvenes Escritores Latinos por ser una parte fundamental para poder realizar esta obra.

Janneth Hernández

Visionaria

Dedicatoria

Este libro está dedicado a mi familia, que son mis hijos Kevin, Karina, Francisco, Daniel y Crystal, a mi esposo Francisco, quienes con su amor, paciencia, comprensión y esfuerzo me han acompañado a recorrer este camino que me ha llevado a cumplir hoy un sueño más.

Gracias por motivarme e impulsarme cada día y por inculcar en mí el ejemplo de esfuerzo y valentía, para enfrentar las adversidades y luchar siempre por mis sueños.

A mis amigas, hermanas *Visionarias* y colegas en letras por contribuir a mi vida, en especial a Miriam Burbano por su valiosa aportación para complementar esta obra con su experiencia y conocimiento.

Por último, dedicó esta bella obra a cada una de las *Mujeres Visionarias* que se han convertido en agentes del cambio y contribuyen poniendo su granito de arena para transformar no solo sus vidas sino también la vida de alguien más.

Janneth Hernández

Una mujer visionaria es la capitana de su vida y dirige el barco hacía sus sueños.

Escritora Best Seller Janneth Hernández

CAPÍTULO 1

EL OBJETIVO:
CREAR DE MI UNA
MUJER VISIONARIA

Visionarios USA

CRANDO NUESTRO PROPIO DESTINO

**Fundadora y CEO
Escritora Janneth Hernández**

¿Qué significa ser una mujer con visión?

Ser una mujer con visión significa que tienes claro, "¿Quién eres?", "¿Qué quieres?" y "¿Hacia a dónde vas?"

Eso te dará claridad para saber hacia donde diriges tu vida, visualizar tus metas, y tener claro los pasos que te guiarán para lograr cumplir cada uno de tus sueños.

¡Si así es, tus sueños! ¿Pero qué son los sueños? Los sueños son la oportunidad que nos da la vida para desarrollar nuestros talentos especiales, únicos y naturales que nos ayudarán a prepararnos a conciencia para hacer uso de nuestras destrezas y ascender a lo más alto que podamos llegar en la vida.

Los sueños son el motor que te dan la energía necesaria para sacar lo mejor de tí.

¿Recuerdas cuando eras una niña? ¿Te preguntabas qué querías ser de grande? ¿Te has vuelto hacer esa pregunta? ¿Estás en el lugar en el que soñaste?

Los sueños son infinitos e interminables, lo importante es no quedarte estancada en una etapa o peor aún escuchar las opiniones negativas de los demás.

Porque eso si siempre vamos a encontrar en nuestro camino personas que quieran desanimarnos o desviar nuestro rumbo, no lo permitas, no inviertas tu energía ahí.

Ten siempre en cuenta que tú eres la única responsable de tu vida, tus acciones y decisiones, porque de eso dependerá el éxito o el fracaso para poder lograr tus sueños, las excusas no existen, todo está en ti y en cuanto deseas cumplir tus sueños.

Una *Mujer Visionaria* ve más allá de lo visible, de lo aparente, de lo común, su sabiduría queda lejos de las limitaciones del intelecto y porque ve de otra manera, aprende también a comunicarte de otra manera, a sentir de otra manera, a visualizarte de otra manera.

Una mujer visionaria tiene la capacidad suficiente para transformar las dificultades, los desafíos en sus más grandes fortalezas y verlas como una oportunidad de crecimiento.

Janneth Hernández

Ser una mujer Visionaria es tener la capacidad de no creer todo lo que te dicen, de cultivar tu propio criterio, no te creas tampoco todo lo que te dices, cuestiona tus pensamientos.

Pregúntate:

"¿Qué clases de líderes necesita el mundo? ¿Qué clase de mujer tengo que ser yo para poder contribuir a ese mundo? ¿Qué liderazgo necesito yo construir, desarrollar, ejercer para el mundo que quiero construir y en el que quiero vivir?".

Porque ser una *Mujer Visionaria* es construir el mundo en el que quieres vivir.

En lugar de sólo soñar en cómo te gustaría que fuera tu vida, visualízate como si ya estuvieras en el futuro, celebrando tus logros y satisfacciones que ya has conseguido, pensar de esta manera te puede ayudar a enfocar tu visión y a mantenerte en el rumbo correcto.

El tiempo me ha enseñado que puedo ser lo que quiera, yo soy la única que escribe mi historia sin nadie que me la dicte.

CAPÍTULO 2

TE CONTARÉ
CÓMO LLEGUÉ
A SER
UNA MUJER VISIONARIA

Visionarios USA

CRANDO NUESTRO PROPIO DESTINO

Fundadora y CEO
Escritora Janneth Hernández

Un día aprendí que no hace falta gritar, cantar, reír o llorar para romper el silencio, solo basta escribir y lanzar las palabras al viento, para que tomen forma, fuerza y se eleven al infinito.

Aprendí también que el poder más grande se encuentra dentro de ti, en tu interior, en el carácter que has forjado a base de experiencias y caídas, está en tu esencia, en todas tus vivencias, en tus más grandes desafíos, en tus pérdidas y sufrimientos, que te hacen crecer y van cimentando tus fortalezas.

Aprendí que la vida no es cuadrada, que no siempre dos más dos son cuatro, que no todos los caminos llevan a Roma y que no es más feliz el que debiera serlo sino el que aprende a serlo.

Aprendí que la Ortografía sirve para escribir bien, pero el escribir bien no sustituye el talento, ni le da vida a las letras, para eso se necesita magia, fantasía, pasión y lo más importante, ¡Tener algo que contar!.

La vida te va llevando a veces por caminos difíciles, pero nunca te da un dolor que no puedas soportar, o una alegría que no merezcas.

Aquí donde me ves, ha habido veces que solo quiero

esconderme, cerrar la puerta y dejar que el silencio se apodere de mi cuarto, me he cansado de estar cansada, de hacerme fuerte cuando solo quiero un descanso, en estos momentos cierro los ojos y me olvido del mundo, aunque sea por un momento, no pasa nada si solo pienso en mí.

Es solo un momento, solo unos minutos o puede que unas horas, aún no lo sé, solo sé que cuando termine de tomar mi tiempo saldré por esa puerta con mi frente en alto, mi sonrisa como siempre y mis labios pintados, como si nada hubiese pasado.

Las tristezas no llegan solas y si tengo que pensar en cuántas veces se me han cerrado alguna puerta, o cuántas veces he sido yo quien ha dado el portazo, no soy capaz de contarlas porque han sido muchas veces.

El tiempo, la gente, la alegría y la tristeza han pasado por mi vida cientos de veces, he dado muchas vueltas y cada una de esas vueltas estoy segura de que tenían una razón de ser, ahora es cuando le encuentro sentido.

Cada una de esas vueltas me ha llevado a una nueva puerta y quizá por eso lo que antes para mí era un portazo, ahora simplemente es una nueva etapa en mi vida, una nueva oportunidad, una nueva puerta que abro despacio.

Janneth Hernández

Con certeza y con ilusión, que siempre intento dejar entreabierta con el miedo de que quizá el viento o alguien descuidado pueda cerrarla sin querer.

El tiempo me ha enseñado que puedo ser lo que quiera, yo soy la única que escribe mi historia sin nadie que me la dicte.

La soledad me ha enseñado que sola puedo ser yo misma y no hay nada de malo en escuchar mis pensamientos dándoles voz.

El dolor me ha enseñado que hay heridas que aún deben sanar para empezar de nuevo.

La vida me ha enseñado que tiene fecha de caducidad y hay que disfrutarla y con cada lección aprendida empezamos un nuevo camino.

Con el tiempo descubrí mi fortaleza y aprendí a valorarme y a vivir de verdad, a estas alturas de mi vida ya no vivo de apariencias, mi círculo social es reducido y estoy aprendiendo a soltar, ya no pongo límites a mis sueños, ya no escondo mis sentimientos, ni los problemas, nada es para siempre cuando vienen, se resuelven y ya.

Ahora solo quiero vivir con tranquilidad, ir a mi paso,

siempre siendo yo misma y luchando por lograr cada uno de mis sueños, esto no ha sido fácil, para llegar a donde estoy he tenido que vencer miles de obstáculos, tuve que enfrentar mis propios miedos.

Para llegar a donde estoy tuve que soltarme de lo que me mantenía atada en el suelo, tuve que cruzar laberintos de rocas infinitas, tuve que escalar y escalar montañas infinitas, tuve que ganarle a las arenas movedizas, tuve que hacer las paces con mi pasado y perdonar todos mis errores.

Tuve que pintar mi propio cielo, dibujarme sonrisas aunque no las sintiera, tuve que escaparme del pasado y vagar sin rumbo, tuve que dejar de recoger flores en el campo y aprendí a sembrarlas en mi propio jardín.

Tuve que deshacerme de los miles de nudos en mi garganta y llorar hasta que mis ojos se secaran.

Tuve que aprender a volar aun con las alas rotas, aunque no llegara a un puerto seguro.

Solo después de todo eso pude abrir mis brazos para sentirme en plena libertad y recibir lo que me corresponde, lo que me merezco, lo que me he ganado con tanto esfuerzo y dedicación.

Janneth Hernández

Fue entonces cuando tuve que aprender a amarme poco a poco, hasta que se me cerraron todas las heridas y dejaron de sangrar, el pasado me enseñó a caminar hacia adelante con la frente en alto.

Me enseñó a no rendirme nunca, me enseñó a levantarme cada vez que me caigo, me enseñó a no permitirle la entrada a nadie que quiera arrastrarme una vez más hacia él.

Una cosa que me encanta y adoro de mí misma es que no importa lo mal que haya sido tratada, no importa lo mal que me haya ido en la vida, no importa cómo me sienta.

No importa lo malo que he vivido o lo que estoy viviendo, todavía tengo un corazón enorme y amor infinito para dar y eso es algo que nadie puede quitarme, con esto lo que quiero decirte es qué ese dolor que estás sintiendo ahora y qué no le cuentas a nadie, va a pasar, qué un día volverás a bailar y a reír sin temor a romperte en el proceso.

Quiero qué sepas que los malos días no durarán para siempre, qué al final vuelve a salir el sol, después de la tormenta siempre sale el arcoíris, siempre hay una luz al final del túnel y tú vuelves a florecer.

Quiero decirte qué la herida cerrará, sólo deja de tocar dónde te duele, si quieres llorar, hazlo, hasta secarte y luego ve al mar a llenarte el alma de olas y atardeceres, para revitalizar tu energía, renovar tus fuerzas y volver a empezar.

Quiero decirte qué siempre habrá amor en tu vida porque siempre te tendrás a ti misma y eso es lo más importante, el amor propio, regálate flores, cómprate ese chocolate, disfruta de ese helado, arréglate, ponte el vestido que te gusta, las medias de red, el labial rojo.

Pudiste otro año más, venciendo cada obstáculo que se te presentó, pudiste luchar contra los tiempos difíciles y el dolor, pudiste levantarte y seguir adelante cada vez que caíste, pudiste salir de los problemas y los contratiempos.

Porque todo pasa, no dolerá para siempre, date la oportunidad de sentir que no puedes más y luego sorpréndete al darte cuenta de que lo lograste, todo pasa, esto también pasará, así cómo pudiste este año, estoy segura de que podrás con el siguiente año, no te dejes vencer porque tú puedes con esto y con mucho más.

¡Bien! Ahora te compartiré algunas cosas que me ayudaron a llegar.

CAPÍTULO 3

HERRAMIENTAS PARA SER UNA VISIONARIA

Visionarios
USA
CRANDO NUESTRO PROPIO DESTINO

**Fundadora y CEO
Escritora Janneth Hernández**

Cultiva Tu poder interior

El secreto está en descubrir, el poder de nuestro interior, ¿Quién más que tú misma tienes el poder sobre ti? ¿Quién tiene el poder de pensar en nuestra propia mente? ¡Dime!.

¿Acaso alguien puede impedirnos tener pensamientos de prosperidad? ¿Puede alguien impedirnos actuar desde el amor? ¿Puede alguien frenarnos a aumentar nuestra propia felicidad?.

Déjame decirte que dentro de todos y cada uno de nosotros brilla un poder interior que se expande en función de nuestras vivencias y comportamientos.

Nuestro poder interior nos guía natural y amorosamente hacia la salud perfecta, la pareja perfecta, la profesión perfecta y nos lleva hacia la prosperidad en todo lo que deseamos.

Nuestro poder interior es el motor de nuestra felicidad, ¿Alguna vez has escuchado esta frase de Alice Walker? Qué dice "La forma más común de renunciar al poder es pensando que no lo tenemos".

¿El verdadero peligro reside en el olvido de quienes somos?, ¿Qué hemos venido hacer en este mundo? ¿Cómo encajamos en este rincón del universo?.

Cuando ya has recorrido un largo camino de aprendizaje, entonces comienzas a ser consciente de tu poder interior, el poder de la resiliencia, de la resistencia ante las dificultades.

¿Pero cómo podemos recuperar ese poder que nos ha sido negado? Asumiendo nuestra responsabilidad, somos los únicos responsables de nuestra felicidad.

No sirve de nada esperar a que otros nos hagan felices, ni tampoco culpar a otros, debemos responsabilizarnos de nuestra propia felicidad, porque solo nosotros tenemos la llave de nuestros pensamientos, sentimientos y acciones.

Otra manera de recuperar nuestro poder interior es, permaneciendo unidas a la naturaleza, mantenernos cerca de la madre tierra, de los animales, de los árboles, de las rocas, de los ríos.

Esto nos ayudará a mantener la conexión con nosotras mismas, abrirnos a nuestra verdadera esencia y a percibir las señales que nos confirman que nuestros pasos están alineados y que estamos en el camino correcto.

Janneth Hernández

Programando nuestra mente con nuevos pensamientos de valía y merecimiento, entendiendo que me merezco lo mejor y aceptándolo, creando esa conexión con el poder que te has creado, aceptándote y amándote tal cual eres, reafirmándolo cada día.

Cuando descubres ese poder interior que posees por derecho ya nunca más te permites ser menos de lo que eres y de lo que mereces.

El poder del Conocimiento

¿Sabes qué fue lo primero que hice yo cuando descubrí cuál era mi pasión, mi propósito de vida y a que quería dedicarme por el resto de mi vida?.

Empecé por buscar el conocimiento y a prepararme para lo que me llevaría a donde yo quería llegar, sin preparación no hay resultados, así que empecé por investigar cuáles eran las cosas que necesitaba para lograr mi meta y algún día ver mi sueño hecho realidad.

Hoy en día tenemos muchas herramientas a nuestra disposición, si buscamos en Google ahí podemos encontrar herramientas de apoyo que nos ayudarán a capacitarnos y estar mejor preparadas.

No te compliques la vida, empieza con cosas pequeñas y poco a poco ve aumentando de nivel y cuando te des cuenta estarás mejor preparada para llegar a donde quieres llegar.

La falta de conocimiento puede causar temor e incertidumbre y el conocimiento lo quita, el conocimiento te ayudará a tener confianza, por ejemplo si vas a ir a una entrevista de trabajo prepárate antes de presentarte a la entrevista, así podrás responder a las preguntas de manera adecuada.

Si estás pensando emprender un nuevo trabajo o algún oficio, debes de estar preparada antes de empezar a buscar oportunidades, busca aprender cosas nuevas, aprende algo diferente cada día, aunque creas que ya los sabes, date permiso de desaprender para volver a aprender.

Todo lo que somos y lo que queremos es basándose en nuestro conocimiento personal y profesional, es hora de romper con los estereotipos y dejar los miedos, el no puedo no existe, todo está en el poder de tu mente.

Atrévete a hacer algo que nunca has hecho, haz aquello que más miedo te dé, eso te hará crecer de una manera impresionante y cuando te des cuenta el miedo habrá desaparecido y a cambio te habrá dejado un gran aprendizaje.

Adquiere todo tipo de conocimiento, capacítate, prepárate, aprende cosas nuevas, cosas diferentes, reeduca tu mente para atraer solo pensamientos positivos.

Pensamiento crítico

La curiosidad intelectual, cuestionar e investigar siempre, nos da una mayor versatilidad, para explorar otras posibilidades y poder tomar mejores decisiones.

Tener una mentalidad abierta, eso te llevará a producir creencias y conocimientos, sostener creencias y valores propios, plantear problemas y buscar soluciones, formular preguntas de relevancia con claridad y precisión, comunicarse e interactuar con otros, establecer metas y medios para lograrlas, tomar decisiones razonables, argumentar con ideas ordenadas y precisas.

Cuando nos dejamos llevar solo por las cosas que los demás nos dicen, lo que todo el mundo conoce, lo tradicional, lo ordinario, las tendencias más comunes.

Entonces corremos el riesgo de no ver más allá de lo que está frente a nuestros ojos, por lo tanto, de no aprender cosas nuevas, nuevos métodos, nuevas formas de hacer las cosas u otras maneras de ver el mundo, por lo tanto, no hay aprendizaje, no se adquiere nuevo conocimiento.

Estando a merced de los demás, sin tener voz propia, criterio propio y nuestra propia manera de ver las cosas, ninguna verdad es absoluta, cada quien la puede ver las cosas de diferentes maneras e interpretarlas desde su propio conocimiento, desde su propio entendimiento y nivel de conciencia.

Esto no quiere decir que estamos equivocadas o que nuestras opiniones no son válidas, simplemente tenemos opiniones diferentes y diferentes maneras de ver la vida.

Vivimos en un sueño fabricado a nuestra medida, en este sueño uno solo ve lo que le interesa ver, es como vivir, pensar y sentir estar metido en un túnel sin poder cambiar de dirección.

Es bueno salir del túnel de lo evidente, de las opiniones cerradas, las de uno mismo y de las de los demás, ¡Hay que estar abierto a lo inhabitual, a lo inesperado! "No perdamos la capacidad de sorprendernos y de descubrir una realidad compleja, desconocida y apasionante...".

Transformación personal

Cualquier cambio que hacemos en nuestras vidas impacta todas nuestras dimensiones, somos seres tridimensionales en constante evolución y vivimos en un mundo lleno de distintas formas.

La forma de ser, de sentir, de pensar, de actuar y formas de relacionarse, todo ese conjunto de formas nos hacen seres diferentes y especiales.

Te imaginas si en algún momento de nuestras vidas cambiamos todas esas formas, por formas que nos ayuden a ser mejores seres humanos, por ejemplo, cambiar la forma de relacionarte contigo misma y con los demás.

Cambiar la forma de escuchar tu cuerpo y ves que de alguna manera desde fuera lo perciben y te lo dicen, entonces cambia misteriosamente tu imagen externa.

Por supuesto como ya sabes nadie cambia solo por desearlo, los cambios no suceden por arte de magia si quieres y necesitas ver cambios en tu vida, entonces es hora de levantarte y tomar acción, empieza por cosas pequeñas hasta que poco a poco te encuentres haciendo cosas más grandes, el trabajo personal es inevitable.

Janneth Hernández

Despréndete del pasado, renuncia a tu antiguo yo para darle la bienvenida a una nueva versión de tu yo renovado, renuncia a tu ego, date permiso para conocer tu interior y descubrir tu verdadera esencia.

Seguro te estarás preguntando "¿cómo puedo hacer eso?" Bueno, pues muy fácil, hay talleres, entrenamientos que podrán ayudarte a transformar tu vida, busca cuáles están disponibles y a tu alcance, pero lo más importante es que estés realmente dispuesta, trabajar en tu propia transformación personal.

Será la mejor inversión de tu vida, eso sí, prepárate, porque nada es fácil en esta vida y la transformación duele, duele soltar el pasado, duele volver a recordar las cosas que nos causaron daño, duele dejar viejos hábitos, y renovarte por completo.

Pero cuando pasas por un proceso de transformación real, siendo completamente honesta contigo misma y dándote permiso de desnudar tu alma para verte tal cual eres, así podrás identificar cuáles son las áreas de tu vida donde necesitas trabajar.

Puede que la vida te presente una situación difícil o complicada y tal vez no te quede de otra que cambiar para adaptarte a tus circunstancias.

Para algunas personas ciertos eventos podrían ser una crisis, para otros una gran oportunidad, depende en qué etapa de transformación estés en ese momento.

La transformación personal tiene que ver con la evolución de la persona de manera muy profunda y para cada persona será diferente porque hay muchos caminos para ello, solo necesitas decisión, disciplina y compromiso.

Si realmente tienes estas tres cosas que son fundamentales, entonces emergerá de ti la motivación para avanzar y descubres que hay muchos pasos por delante que recorrer, hacia una nueva vida.

Vivir sin enfocarte en lo que sucede a tu alrededor y centrarte en lo que sucede en tu interior, te llevará a lograr una verdadera transformación.

No tengas miedo, atrévete a transformar tu vida, recuerda siempre que los retos son lo que hacen la vida interesante y superarlos es lo que hace que la vida tenga un significado, las dificultades de la vida no existen para hacerte renunciar, sino para fortalecerte y hacerte más fuerte.

Janneth Hernández

Somos los agentes de cambio en nuestro proceso de empoderamiento y debemos tomar las riendas para dirigir nuestra propia vida, no deje que nada ni nadie le limite.

CAPÍTULO 4

VISIONARIA EMPODERADA, AUTÓNOMA E INDEPENDIENTE

Visionarios USA

CRANDO NUESTRO PROPIO DESTINO

Fundadora y CEO
Escritora Janneth Hernández

Empodérate, Prepárate, Aprende y Emprende

Empoderamiento:

"Proceso mediante el cual las personas fortalecen sus capacidades, confianza, visión y protagonismo en cuanto forman parte de un grupo social, para impulsar cambios positivos en las situaciones en las que viven".

"Las personas y/o grupos organizados cobran autonomía en la toma de decisiones y logran ejercer control sobre sus vidas, basados en el libre acceso a la información, la participación inclusiva, la responsabilidad y el desarrollo de capacidades".

"Es el proceso de cambio en el que las mujeres aumentan su acceso al poder y como consecuencia se transforman las relaciones desiguales de poder entre los géneros".

Tomado del internet.

Voy a centrarme en el análisis del empoderamiento de las mujeres, que incluye tanto el cambio individual como la acción colectiva e implica la alteración radical de los procesos y estructuras que reproducen la posición subordinada de las mujeres como género.

El empoderamiento se define como el proceso de adquirir un mayor dominio y control sobre nuestra propia vida y las circunstancias que nos rodean, por otro lado, debes saber lo que te gusta y lo que no te gusta hacer, lo que puedes y lo que no puedes hacer.

Para poder llegar a ser una MUJER EMPODERADA debes tener cuidado hacia donde miras.

Si miramos fijamente a nuestros problemas demasiado tiempo, si pensamos y hablamos acerca de ellos demasiado tiempo, lo más probable es que nos derroten, mantén tus ojos en el resultado que deseas lograr, no en el problema, eso te ayudará a mantenerte mejor preparada.

Conoce tus puntos fuertes y débiles, crea una lista, enumerarlos del 1 al 10, desde el más débil al más fuerte, eso te ayudará a descubrir tus talentos, tus habilidades y tus fortalezas.

Cuando ya hayas descubierto tus puntos fuertes, utilízalas a tu favor, no hay nada más satisfactorio que convertir lo que te apasiona en tu trabajo.

Ahora piensa a lo grande ¿Qué harás de ahora en adelante? ¿Cómo utilizas todo lo aprendido? A partir de ese momento piensa que ya no eres la misma, que estás completamente renovada, por lo tanto, tus pensamientos, tus acciones, tu proyección hacia al futuro, deben de estar alineados con tu persona.

Piensa en las cosas que necesitas para que tu vida sea diferente, aplica lo aprendido en todo momento, la práctica perfecciona, nunca dejes de aprender ni de aplicar lo aprendido, eso te llevará a hacerlo cada vez mejor.

Recuerda que como mujeres necesitamos esforzarnos el doble o el triple de lo común para poder lograr lo que queremos, así que no te des por vencida a la primera, inténtalo una y otra vez, las veces que sean necesarias hasta que logres conseguir lo que deseas.

Lamentablemente, tengo que decirte que no será fácil, pero lo importante es que creas en ti y que no dejes de intentarlo, no importa los obstáculos que se te presenten, demuéstrate a ti misma de qué estás hecha y lo que eres capaz de lograr.

No dejes que la vida te sorprenda sorpréndela tú a ella demostrando tu capacidad, pero sobre todo no permitas que nada ni nadie te limite y te impida volar.

Autonomía e Independencia

Para ser una Mujer Autónoma e Independiente es absolutamente necesario estar empoderada, porque el Empoderamiento es fortalecer nuestras capacidades, adquirir autoconfianza, para poder tener una visión diferente de la vida que nos permita lograr nuestra independencia y Autonomía e impulsarnos al cambio positivo.

Ser independiente, es ser capaz de hacer lo que uno cree que debe hacer, pero no solo eso, sino también ser capaz de analizar y considerar si de verdad debemos o queremos hacerlo.

Ser autosuficiente y responsable de tus acciones y decisiones con plena libertad y conciencia, mantener tu independencia es fundamental, cuando eres una mujer independiente tienes la seguridad para tomar tus propias decisiones, eso te dará la libertad para poder tener una visión más clara de la vida.

Como mujeres hemos sido educadas para ser esposas, ser amas de casa, encargarnos de la familia, de los hijos, del hogar y en algún momento de nuestras vidas nos creemos lo que nos han dicho.

No vemos más allá de lo que nos han enseñado, nos tomamos en serio el papel que nos han impuesto, se espera que como mujeres nos casemos a cierta edad, tengamos hijos y que vivamos una vida que ya está destinada para nosotras.

Pero nadie nos ha preguntado ¿Qué es lo que queremos? Si queremos vivir una vida diferente, si tenemos sueños, si tenemos metas, eso es algo que a nadie le importa.

Y si quieres vivir fuera de estas normas te conviertes en una mala mujer, si quieres hacer algo diferente a lo que te impone la sociedad, la vida se te pone difícil, porque eres juzgada y señalada.

En la mayoría de las ocasiones por las mismas mujeres que aún no han despertado su conciencia y siguen viviendo sin criterio propio, sin voz y sin poder tener el control de su propia vida.

No seas una de esas mujeres que juzga y critica a las que son diferentes a ti, sino todo lo contrario, si aún no has llegado a este nivel de conciencia, busca aprender de quienes ya lo han hecho, sigue su ejemplo y pregúntale ¿Qué es lo que le ayudó a ser como es?

Se nace mujer, pero para ser visionaria hay que trabajar cada día, porque para ser una mujer visionaria hay que tener en principio, dos cualidades muy importantes.

Una, ser Mujer, esa es la fácil, la que ya te vino dada de nacimiento, porque ya naciste siendo Mujer.

Dos, ser Visionaria, la cualidad de visionaria ya implica muchísimas cosas más, porque visionaria no se nace, se hace.

Solemos pensar que las *Visionarias*, son solo personas especiales, que tienen un don o algo así, como adivinas o que tienen visiones y el poder para predecir el futuro.

Las que investigan, las creadoras de la innovación, las que se preparan para ser las pioneras en los avances, hay muchos otros ejemplos de lo que se cree que es ser *Visionarias*.

Para mí, ser *Visionaria*, implica mucho más que eso, es tener la mente abierta, estar dispuesta a aprender siempre, querer crecer y desarrollarse personal y profesionalmente, superar barreras tras barreras, sobreponerse y seguir adelante sin importar cuán difícil sea el camino y cuantas piedras tengas que quitar para poder avanzar y llegar a la meta.

Visionarias son aquellas *Mujeres* que con sus acciones contribuyen a cambiar el mundo de los demás, que tienen una visión y un lenguaje particular, *Mujeres* que abren caminos y que tienen la habilidad de inspirar a otras.

Para mí lo más importante de ser *Visionaria*, es ser solidaria, empática y generosa para compartir lo que he aprendido, es justo ahí donde me siento *Visionaria y Empoderada*.

Como buena *Visionaria*, visioné mi futuro:

"Me visioné Creando mi mejor versión" y para alcanzar los objetivos que quería, sabía que tenía que invertir tiempo en mí para mejorar cada una de las áreas de mi vida, estar dispuesta a transformarme, a evolucionar, para poder ser un ejemplo para otras mujeres.

Para ello, tuve que estar dispuesta a escucharme, abrirme a los demás, a sincerarme y darme permiso para ser visible y mostrarme al mundo tal y como soy. Parece fácil, pero si no existe crecimiento personal, desde el aprendizaje, con amor y dejando el ego a un lado, es imposible llegar a lograrlo.

Desarrollar nuestra autoestima es ampliar nuestra capacidad de ser felices cada día, con lo que somos, con lo que tenemos, y sobre todo, aceptarnos y amarnos sin condiciones.

CAPÍTULO 5

LA IMPORTANCIA DE LA CONFIANZA Y LA AUTOESTIMA

Visionarios USA
CRANDO NUESTRO PROPIO DESTINO

**Fundadora y CEO
Escritora Janneth Hernández**

Confianza en sí mismas

La confianza no aparece de la nada en nuestras vidas, sino que se cultiva y crece cuando nos liberamos de nuestros miedos, nos aceptamos tal cual somos sin pretender ser perfectas.

La confianza nos permite enfrentar la vida con audacia, tenacidad y valentía, una mujer segura de sí misma siempre está dispuesta a enfrentar sus miedos.

El amor más importante de su vida es el amor que siente por ella misma, porque sabe que para amar a los demás primero debe de amarse ella, es positiva porque sabe que la confianza y la negatividad no van juntas, la negatividad solo te limita y te impide tener las fuerzas para avanzar hacia tus sueños.

Evita las comparaciones, la confianza no es posible si pasamos la vida comparándonos con otras personas, cuando dejas de ver a los demás como una competencia entonces los ves como tus aliados.

Lo que eres por dentro te hace especial, tus defectos y virtudes te hacen única, pero lo que llevas en el corazón te hace irrepetible, podemos ser muy talentosas, exitosas e inteligentes, pero no debemos creer que lo sabemos todo o que somos superior o inferior a los demás.

Cada persona es única e inigualable, simplemente haz lo mejor que puedas sin necesidad de competir, la confianza empieza con la auto aceptación.

Hay que creer en uno, aunque siempre va a haber algo que te lo impida, pero cuando tú te atrevas a romper con ese algo y digas "¡Sí, yo creo!" "¡Sí, yo puedo!" "¡Sí, yo lo hago!".

Entonces estarás cambiando tu propia historia, a la misma vez que estarás impactando la vida de alguien más, la gente a veces me pregunta "¿Cómo le haces para poder tener tanta confianza en ti?" "¿De dónde viene la confianza?" "¿Por qué yo no puedo tener confianza en mí?".

Esa confianza proviene de ti misma, de tu interior solo hace falta que te la creas, cuando tú empieces a creer en ti y en todo lo que eres capaz de lograr, entonces te proyectas de esa manera ante los demás, hasta que llegas a ser una mujer segura de sí misma.

La importancia de la Autoestima

La autoestima no se fija en valores externos que cambian y pasan de moda, no vales por lo que tienes, sino por lo que eres, no importa si tienes dinero o no.

Si tienes un carro último modelo o no, a veces fijamos la autoestima en la belleza física que es tan pasajera o nos apoyamos en títulos académicos que en algunos acarrean soberbia intelectual, volviéndose prepotentes.

La importancia de una buena autoestima saludable reside en que es la base de nuestra capacidad para responder de manera activa y positiva a las oportunidades que se nos presentan en el trabajo, en el amor y todas las áreas de nuestra vida, es también la base de esa serenidad de espíritu que hace posible disfrutar de la vida.

Desarrollar la autoestima es desarrollar la convicción de que uno es competente para vivir y digno de ser feliz, por lo tanto, equivale a enfrentar la vida con mayor confianza y optimismo, lo que nos ayuda a alcanzar nuestras metas y experimentar la plenitud.

Lo más hermoso de todo es que cuando conocemos nuestro valor también agregamos valor a la vida de los demás, porque sabes que así como tú eres valiosa, las demás personas también lo son, piensa en cómo puedes tú contribuir para que esa persona descubra su valor, si es que aún no lo ha descubierto.

Recuerda cuáles son las cosas que te ayudaron a ti a ser la persona que eres y amarte como te amas, comparte esas cosas que te ayudaron en el momento que estabas atravesando por tu propio proceso de crecimiento, por ejemplo, cuando empecé a trabajar en tener una autoestima sana, empecé por aceptarme, conocerme, oír mi voz interior, ser consciente de mi persona.

Así me di cuenta de que debía tomar responsabilidad de mí misma porque aún no había descubierto cuán valiosa era y la importancia de aceptarme y amarme para poder vivir una vida con sentido y con propósito.

Cuando empiezas a trabajar en cultivar tu belleza interior, lo reflejas en tu belleza exterior y comienzas a sentirte y a verte bella, no tiene nada que ver con cómo los demás te perciben o te ven, lo que importa es lo que tú ves, lo que tú percibes de tu persona y sobre todo cómo te sientes.

No importa cuántas veces tropiece en la vida, lo importante es que esté dispuesto a ponerse de pie y continuar hasta llegar a su destino.

CAPÍTULO 6

EL PODER DE LA PERSISTENCIA

Visionarios USA
CRANDO NUESTRO PROPIO DESTINO

**Fundadora y CEO
Escritora Janneth Hernández**

La práctica perfecciona, inténtalo una y otra vez y las veces que sea necesario, no te des por vencida a la primera o sin siquiera haberlo intentado.

Hay dos tipos de personas: las que tienen el coraje para lograr cualquier cosa que se proponen y llegar a donde quieren llegar; y las que se viven quejando, porque no les llega la gran oportunidad de su vida, ¿Con cuál de estas dos personas te identificas tú? Para lograr lo que quieres.

Muchas veces las oportunidades no llegan, hay que crearlas nosotros mismos y si no se nos da a la primera seguir intentándolo, hay miles de maneras para hacerlo, una de tantas será la buena y si el mundo entero te dice:

"¡No! Eso no es para ti", "¡No! Estás equivocada", "¡No! Puedes hacerlo", "¡No! Ya estás demasiado vieja", "¡No! Eso nunca te funcionará", "¡No! Estás preparada para eso", "¿Qué crees?".

Es deber tuyo decir "¡Si!" Y demostrar de qué estás hecha, El mundo te dirá "¡No!" De mil maneras, tú puedes decir "¡Si!" De mil maneras más.

Te compartiré algo que siempre tengo muy presente en mi vida y en cada cosa que hago, aquí donde me ves yo me considero una mujer decidida, terca, tenaz y de resistencia a prueba de fuego, no es tan fácil que alguien me haga cambiar de opinión cuando ya tengo algo decidido y si algo no me sale a la primera la intentó una y otra vez, las veces que sean necesarias, si no me sale de una manera, busco una y mil maneras para poder llevarla a cabo.

Cuando empecé a buscar oportunidades, me cerraban las puertas en la cara una y otra vez, muchas veces en el mismo lugar repetidas veces, así que ya cuando me veían llegar me decían "¿Otra vez usted?" y yo respondía "sí, otra vez".

Buscaba formas diferentes de presentar el mismo objetivo, sabiendo que mis objetivos no eran los de ellos, pero si eran los mismos que antes.

En cada ocasión yo sería la misma que estuvo allí un mes antes, un año antes, pero hay una diferencia, ahora vengo más preparada, les decía "por favor, solo denme la oportunidad de hablar acerca de lo que tengo para ofrecerles, ahora les prometo que no será lo misma que ya les presenté" y de tanto insistir pues me dejaban hablar.

Cada vez que me preparaba para ir nuevamente, sabía que había solo dos o tres opciones: si, no y tal vez, si no me daban la oportunidad a la primera, volvía al mismo lugar cada semana, cada mes o dos veces al mes, hasta que se aburrían de mí y me daban la oportunidad por lo menos de darles la información que tenía y de tanto insistir y tocar puertas pues no tenían de otra más que abrirlas y dejarme pasar.

Ahora soy yo la que decide en qué puertas quiero entrar y en cuáles no después de tanto tocarlas ahora se me abren solas.

CAPÍTULO 7

EL ARTE DEL EQUILIBRIO EMOCIONAL

Visionarios USA

CRANDO NUESTRO PROPIO DESTINO

**Fundadora y CEO
Escritora Janneth Hernández**

El coraje es la mejor protección que podemos tener, nos da la fuerza para levantarnos después de cada caída.

A lo largo de mi vida he aprendido que el bienestar emocional no es solo una posibilidad, sino que es nuestro derecho.

Vivir desde la calma

- Comprender mis emociones y aprender a controlarlas.
- Afrontar los retos de la vida y tomarlos como impulso para crecer.
- Observar mi cuerpo, mente y emociones para conocerme más profundamente.
- Es expresar lo que siento, deseo y necesito.
- Es ver a mi mente como una aliada.

Comienza por ti, porque tú eres importante, identifica las cosas que te mantienen preso de una vida que no te apasiona y solo observa, no las juzgues como malas, no te juzgues a ti mismo.

Recuerda que los reproches no tienen cabida en este nuevo tú, tan solo el amor, cuidado y aceptación y cuando observes lo que te mantiene preso, decide conscientemente si quieres continuar así o no, cualquier opción está bien, tan solo hazte consciente de lo que sientes y necesitas, eres libre de elegir la vida que quieres vivir, si decides trabajar en cuidar tu bienestar emocional, entonces empezamos.

Crea un nuevo estilo de vida, encuentra ese equilibrio que te ayudará a mantener el enfoque y la concentración, practica el autocuidado, toma tiempo para reflexionar, conéctate con lo que te dé paz, tranquilidad y energía, ya sea un ser supremo, el universo, tus ancestros, la naturaleza en lo que sea que creas.

Realiza ejercicios de respiración y relajación, eso puede guiarte hacia la sabiduría interna, oxigenarte y proporcionarte un mayor bienestar.

Exprésate de una manera inteligente y creativa como pintar, cantar, escribir, bailar, hacer manualidades, identifica y conserva las relaciones sanas, para poder mantener un entorno saludable y libre de las malas vibraciones.

Ten en claro tus intenciones cada día, ya que cada día es un día más en nuestra evolución, para que la evolución sea positiva, identifica de manera consciente el camino que quieres seguir, busca un propósito en la vida y observa si tus acciones van en esa dirección.

Aprende a focalizar tu atención relájate y estabiliza tu conciencia en el momento consciente en el aquí y el ahora.

Practica la gratitud, no importan los problemas, siempre hay algo por lo que debemos de estar agradecidos, simplemente la vida misma ya es un gran motivo de agradecimiento, no te lamentes por lo que no tienes y agradece por lo que si tienes.

Práctica estás cinco cosas cada día antes de empezar tu día:

1. Da las gracias por un nuevo día.
2. Piensa en tus intenciones del día.
3. Toma cinco profundas respiraciones.
4. Sonríe sin razón alguna.
5. Perdónate por los errores cometidos ayer.

La ley de la atracción, lo que vibramos es lo que atraemos, la relajación y la meditación son la clave para atraer a tu vida lo que deseas, nuestra vida debe de estar equilibrada en todos los sentidos.

Al principio muchos de nuestros sueños parecen imposibles, luego pueden parecer improbables y cuando nos comprometemos firmemente, se vuelven reales e inevitables.

Visionaria

CAPÍTULO 8

EL PODER DE LA VISUALIZACIÓN

Visionarios USA
CRANDO NUESTRO PROPIO DESTINO

**Fundadora y CEO
Escritora Janneth Hernández**

Visualiza tus sueños para poder alcanzarlos

Desde pequeñas se nos ha enseñado a postergar nuestros sueños, a dejarlos a un lado, porque estamos tan envueltos en la rapidez con la que tenemos que crecer y responsabilizarnos.

Todo esto mezclado con los problemas y las diferentes situaciones que surgen mientras nos vamos desarrollando, queda poco tiempo y pocas ganas para poder pensar y concretar nuestros sueños.

Entonces, la niña que quería ser abogada, arquitecta o ingeniera, se convierte en especialista en finanzas, en recepcionista, secretaria o simplemente en una trabajadora más.

No porque esto tenga absolutamente nada de malo, sino porque la vida la llevó a ese camino porque aprendió que una carrera exitosa es aquella donde se gane más dinero o donde pueda llegar más alto en su profesión.

La chica, que quería ser escritora y una gran poeta, dejó sus sueños olvidados porque su familia le dijo que "no podía que ese era un sueño demasiado grande para ella", que "en lo único que debe pensar es en encontrar un buen esposo que se haga cargo de ella y formar una familia" así que hasta ahí llegó su sueño.

Ningún destino es malo, siempre y cuando tengamos plena conciencia y aceptación de este, es posible que, hacia la adolescencia, nuestros sueños cambien, por nuestras experiencias de vida o porque en la escuela descubrimos que las materias favoritas o habilidades son otras.

Los sueños son moldeables y tan alcanzables como nosotros queramos, desde mi perspectiva, la clave está en qué tan eficiente sea la visualización de nuestras metas y cómo "organizamos" la manera de llegar a ellas.

Es decir, muchas veces tenemos una gran meta y el camino hacia ella es muy largo, lleno de obstáculos, esto nos puede desanimar y nos puede llevar a abandonarla.

Pero ese también es el secreto de la felicidad, qué pasaría si empezamos a visualizar metas más pequeñas y alcanzables que nos lleven a ese gran objetivo y si hacemos el proceso de alcanzar estas pequeñas metas y después vamos poco a poco por esas metas más grandes.

Alguna vez te has preguntado ¿Por qué algunas Mujeres

logran cumplir sus sueños y otras no? Cambiar esta realidad es el primer paso que necesitamos para dar un giro de 360 grados en nuestras vidas.

Todas las mujeres debemos tener en la vida metas, sueños, objetivos, el visualizarlos nos llevará a materializarlos porque pones en ellos toda tu energía.

Seguro te estarás preguntando ¿Pero cómo puedo visualizar mis sueños? Pues te diré como hacerlo paso a paso, esto es algo que a mí me ha ayudado mucho.

Te diré que muchas veces me he sentido sin saber por dónde empezar, pero poco a poco he ido encontrando el camino.

Paso 1. Lista de sueños:

Haz una lista de los sueños que quieres hacer realidad en cualquier aspecto de tu vida, ¡vamos! Puede ser cualquier deseo que al pensarlo sientas una gran vibración en tu cuerpo con imaginarte que se va a hacer realidad.

El sueño que escojas va a hacer el impulso de tu vida, el cual se puede convertir en el inicio del cambio necesario para poder lograr la vida que te has propuesto.

Paso 2. Ordena tus sueños:

Toda la lista que realizaste con todos tus sueños ¡Guárdala! No la tires a la basura, esta es la base para realizarlos, selecciona los sueños según el grado de importancia para ti, de mayor a menor, empezando por el más importante.

Ahora selecciona uno de esos sueños, el más importante para que puedas enfocar toda tu atención y tu energía en él, así podrás materializarlo lo más pronto posible.

Algo muy importante para realizar este proceso, tomando conciencia y responsabilidad de lo que estás haciendo, es la diferencia que separa a quienes logran lo que quieren de aquellas que no lo logran hacer.

Paso 3. Manos a la obra:

Aquí viene la parte más divertida y la que más vas a disfrutar, es hora de echar a andar nuestra imaginación y creatividad al estilo de cada una de nosotras.

Puedes usar algunos materiales de apoyo para visualizar y plasmar el mapa de tus sueños, busca imágenes que representen tu sueño y junto a una foto tuya pégalas en algún lugar que sea visible.

El mapa de los sueños no solo será un gran recordatorio de lo que queremos, sino también un gran motivador que nos impulsa cada día para lograrlo.

Paso 4. Decreta:

Cuándo tu mapa ya esté listo, con un marcador de color, coloca tu nombre y apellido, "Yo... Nombre ESTOY ABIERTA Y PREPARADA PARA RECIBIR..."

Escribe tu sueño o deseo lo más específico posible, cierra tu mapa de la siguiente manera "hecho está", "Esto ya está dado para mí, en armonía con el universo, agradezco infinitamente gracias, gracias", terminas con tu firma.

Paso 5. Acciones:

Ahora lo más importante, nada sucede solo por desearlo, el paso final es mover tu energía, con acciones que te ayuden a lograrlo, así que aquí vamos a poner todo nuestro enfoque y poner en práctica nuestra capacidad y creatividad, para lograr alcanzar lo que deseas debes de trabajar

Una frase para cada día de la semana

No importa el día, sino la actitud

LUNES

Las oportunidades son
Únicas en la vida, prepárate para
Nunca desaprovecharlas, búscalas
Están presentes en cada situación
Son la llave para abrir las puertas.

MARTES

Mañana No, el
Ayer tampoco
Riamos ahora
También cada instante
Estemos felices
Siempre viviendo el hoy.

Janneth Hernández

MIÉRCOLES

Mantén el enfoque es muy
Importante estar preparado
En la vida para lo que venga
Recuerda tú tienes el poder y
Cada desafío vivido, cada
Obstáculo que la vida te pone
Lo vences con tu tenacidad
Enfrentando tus miedos
Sabiendo tus fortalezas.

JUEVES

Jamás digas, "No puedo",
Un día descubrirás,
En ti lo que no has,
Visto antes,
Estarás orgullosa,
Sabiendo lo capaz que eres.

VIERNES

Vamos es el momento más
Importante de tu vida
Estás preparada para
Reinventarte hoy
No lo dejes pasar,
Es hora de volar
Siendo siempre tú.

SÁBADO

Solo sabiendo quien eres sabrás,
A donde vas en la vida y,
Buscaras el verdadero
Amor dentro de ti,
Donde jamás has buscado,
Oye tu voz interior.

Janneth Hernández

DOMINGO

Dale energía a tu ser
Observa tu interior
Más allá de lo visible
Identifica tu poder
Necesitas descubrirlo
Guíate por tu intuición
Olvida el dolor y ámate siempre.

CAPÍTULO 9

LOS SEIS PILARES DE UNA MUJER VISIONARIA

Visionarios USA

CRANDO NUESTRO PROPIO DESTINO

**Fundadora y CEO
Escritora Janneth Hernández**

Janneth Hernández

Aunque no tenga claro lo que quiere en la vida, no deje de avanzar, lo importante es que no se paralice.

1. **AUTOCONOCIMIENTO:**

La práctica de vivir conscientemente.

2. **AUTOACEPTACIÓN:**

La Práctica de aceptarse a sí mismo.

3. **AUTORRESPONSABILIDAD:**

La práctica de asumir la responsabilidad de uno mismo.

4. **AUTOAFIRMACIÓN:**

La práctica de la autoafirmación.

5. **AUTO PROPÓSITO:**

La práctica de vivir con propósito.

6. **AUTO INTEGRIDAD:**

La práctica de la integridad personal.

1. VIVIR CONSCIENTEMENTE

Es respetar la realidad sin evadirse ni negar, estar presente en lo que hacemos mientras lo hacemos, "Dónde está mi cuerpo, dónde está mi mente" ser consciente del mundo interno, como el externo.

Una persona consciente reflexiona, analiza, considera y juzga los acontecimientos, ve sus causas y sus consecuencias, es decir, sabe tomar decisiones libremente y acepta las consecuencias de sus actos.

2. AUTO ACEPTARSE

No negar ni rechazar nuestros pensamientos, sentimientos y acciones, no podemos superar los sentimientos indeseables si no aceptamos que los tenemos.

Cuando hay aceptación, no hay enfrentamientos con nosotros mismos, no me convierto en mi propio enemigo, hay que comprender nuestro potencial, hay que aceptar no solamente los errores, sino también aceptar todas nuestras potencialidades y hacerlo implica mayores responsabilidades.

Cuando rechazamos y sacrificamos parte de nosotros mismos, sean cuales fueren las razones, el resultado es que empobrecemos nuestro sentido del yo.

3. SER AUTORRESPONSABLE

Hay que reconocer que somos los autores de nuestras decisiones y nuestras acciones, la realización de nuestros deseos, la elección de nuestras compañías, de cómo tratamos a los demás en la familia, en el trabajo y amistades.

Cómo tratamos nuestro cuerpo, nuestra felicidad, no se vale decir "yo sería feliz", "yo estaría mejor", "yo cumpliría mis metas", "si tú cambiaras", "si tú no fueras así", "si tú no me hicieras enojar".

4. TENER AUTOAFIRMACIÓN

Es respetar nuestros deseos y necesidades, buscar la manera de expresarlos, tratarnos a nosotros mismos con dignidad en nuestras relaciones con los demás.

Ser auténticos y defender nuestras convicciones, valores y sentimientos, es comunicarnos asertivamente con nosotros mismos y con los que nos rodean.

5. VIVIR CON DETERMINACIÓN O PROPÓSITO EN LA VIDA

Significa asumir la responsabilidad de identificar nuestras metas y llevar a cabo las acciones que nos permitan alcanzarlas y mantenernos firmes hasta llegar a ellas, lo que quiere decir que nosotros tenemos el control de nuestra vida y no el exterior que nos rodea.

Nuestras metas y propósitos son los que organizan y centran nuestras energías, le dan significado y estructura a nuestra existencia, cuando no tengo propósitos ni metas, estoy a merced de mis propios impulsos o de las acciones incontrolables de los demás.

Para vivir mi vida con propósitos conscientes tengo que hacerme responsable de mis propias metas, es decir, necesito un plan de acción y este necesita de objetivos claros, disciplina, orden, constancia y coraje, para no desviarme del camino, para poder lograr mi proyecto de vida.

6. VIVIR CON INTEGRIDAD

Es tener principios de conducta a los que nos mantengamos fieles en nuestras acciones, ser congruentes con lo que pensamos, decimos y actuamos, respetar nuestros compromisos y mantener nuestras promesas.

Cuando respondo a lo anterior, se produce en mi interior un resultado más importante que la aprobación de los demás.

Es la aprobación de mi mismo, soy una persona en quien se puede confiar y me agrada la clase de persona que he hecho de mí mismo.

Esto es tener integridad, necesitamos vivir con principios que guíen nuestras vidas, principios que no cambian como; la honestidad, libertad, autonomía, democracia, congruencia, bondad, fe, el bien común, creatividad, gratitud, solidaridad, empatía, trabajo colectivo, comunicación efectiva, respeto y perseverancia entre otros.

Lo importante no es ser mejor que otros, sino ser mejor que ayer, mejor persona cada día.

CAPÍTULO 10

RECOMENDACIONES PARA ALCANZAR TUS METAS Y LLEGAR A SER UNA MUJER VISIONARIA EN LA VIDA

Visionarios USA
CRANDO NUESTRO PROPIO DESTINO

Fundadora y CEO
Escritora Janneth Hernández

Ama las cosas simples,
pero sobre todo ámate tú

La clave no está precisamente en llevar una vida sencilla, sino en ser sencillos de pensamiento, poder ver y apreciar lo que es verdaderamente importante, tú eres importante, entiende y acepta que tienes cualidades que puedes mejorar.

Algo que tenemos que tener muy presente en todo momento, es que no debemos tomarnos la vida como una lucha entre los demás y nosotros por ver quién es mejor, porque siempre habrá alguien mejor que nosotros en diferentes ámbitos de la vida y a la vez tener en cuenta que nadie es más que nadie por su nivel de conocimiento.

Lo importante no es ser mejor que otros, sino ser mejor que ayer, mejor persona cada día y para ello no es necesario que tengamos grandes títulos profesionales.

Se trata de nuestra forma de ser, de comportarnos, de cómo ayudamos a los demás dentro de nuestras posibilidades, eso es mejorar, solo nos podemos sentir verdaderamente realizados en nuestra vida, cuando estamos haciendo la diferencia en la vida de otras personas, no se trata de aquello que tú obtienes, sino aquello que tú le das a los demás.

Lo más valioso que nosotros podemos darle a alguien más es nuestro tiempo, la realización llega a nuestra vida cuando sabemos que hemos invertido nuestro tiempo sabiamente con personas que se han beneficiado de él y le han dado el valor que se merece.

Janneth Hernández

Confía en tus sueños y aprende que tu sueño es solo tuyo y nadie más lo podrá realizar

Siempre es posible luchar por lo que soñamos, porque siempre hay tiempo para empezar de nuevo, no importa en qué momento te cansaste, lo que importa es que siempre estés dispuesta a recomenzar de nuevo.

Toma el timón de tu barco y dirígelo hacia el puerto donde quieres llegar, entiende que nadie es dueño de tu vida, de tus sueños y de tus decisiones, que solo tú tienes el poder para decidir la vida que quieres vivir, sin esperar el permiso o la aprobación de nadie más.

Es tu vida y nadie más puede vivirla por ti, lo único que necesitas son cuatro cosas esenciales que te llevarán a lograr ese sueño que tanto anhelas: VALOR, DECISIÓN, VOLUNTAD Y ACCIÓN.

Cuando pongas en práctica estas cuatro cosas, seguro lograrás llegar a desembarcar en el puerto que quieras.

Entiende que tú tienes algo bueno de lo cual puedes estar orgullosa

Comienza un viaje hacia tu interior, descubriendo tus talentos, lo que te gusta de ti física, mental y emocionalmente.

También observa con claridad y sin mentirte aquellas actitudes que no te gustan, y siéntete orgullosa de ser quien eres, valora cada logro en tu vida, por pequeño o grande que sea, es tu logro.

No te enfoques en lo malo que has hecho, en los errores que has cometido, ni en cuántas veces te has equivocado, no vivas la vida culpándote por cosas que no estaban en tu control en ese momento.

A veces toca hacer lo que se necesita hacer, con lo que se tiene, en el momento y eso no quiere decir que seamos culpables por lo que pase, hayas vivido lo que hayas vivido no es tu culpa, libérate de esa carga y simplemente sigue adelante.

Aprende a dejar ir, libérate de aquellos conceptos que afectan negativamente a tu persona

Rompe las cadenas de tus antepasados y libérate de las creencias impuestas, deja todas esas creencias y todo lo aprendido a un lado y date permiso de aprender cosas nuevas.

Sepárate del resultado y enfócate en el proceso, confía en ti y en el plan más grande para tu vida, entiende que las cosas se dan y se desarrollan con el tiempo, todo en esta vida es un proceso, disfrútalo, no cometas el error de saltar al final de la historia y vive al máximo el momento presente.

Muchas veces tenemos que comprender que la vida que pensamos que tendríamos no sucederá o lo que pensamos que seríamos simplemente no será, hay cosas que están fuera de nuestro control.

Vive responsablemente de acuerdo con la realidad

VIVIR EN RESPONSABILIDAD, ES DECIR NO AL VICTIMISMO.

Asumir nuestra vida desde la responsabilidad, evitando el victimismo y las excusas para no crecer, ya que con la libertad viene también la responsabilidad.

Toma la responsabilidad de tu vida y de tus acciones, no vayas por la vida con tu bandera de víctima, quejándote o culpando a los demás, ni haciéndolos responsables de lo que te sucede.

El hacernos responsables de lo que nos pasa es un cambio de actitud en la vida, ya que nos permite cambiar lo que nos sucede y por la tanto cambiar la vida que vivimos, asume un rol de protagonista en todos los escenarios de tu vida.

Para eso es necesario que dejemos de ser copilotos de nuestra vida, para comenzar a ser los pilotos principales y conducirla nosotros mismos, hacia el puerto que queramos, descubriendo el propósito y el sentido que queremos darle de una manera responsable.

Sé conocida por amar y acepta que eres importante
Como te sientas te verán

En la medida que ames… Te amarán, antes que todo… ¡ÁMATE A TI MISMA! ¡Tal como eres!.

Uno de los valores más importantes de la vida, sin duda es el Amor, pero lo más importante es que ese amor empiece por el amor propio.

Pues es una fuerza que te impulsa a actuar en forma positiva y a hacer las cosas desde el amor y con amor, ya que es un sentimiento que nos conduce a tener sentido en nuestras vidas y a estar en paz, con nosotras mismas, llenándonos de tranquilidad, alegría y satisfacción.

Cuando cultivas y fortaleces ese amor primero por ti, descubres lo importante que eres y es entonces cuando puedes dar amor a los que te rodean.

Pasa más tiempo contigo misma y aprende a aceptarte a través de lo que sientes y de lo que eres

No busques en las ramas lo que solo se encuentra en las raíces, no busques allá fuera lo que sólo puedes encontrar dentro de ti.

Conecta con tu esencia, con tu ser, con lo que eres, conócete, reconócete, aceptarte y date el valor que te mereces.

Porque el mayor reto de nuestra vida consiste en aprender a aceptarnos tal cual somos y tener la capacidad de poder aceptar a los demás tal como son, para poder fluir con las cosas tal como vienen, ojo no te confundas, aceptar no quiere decir estar siempre de acuerdo.

Aceptar tampoco significa reprimirse o resignarse, ni siquiera es sinónimo de tolerar y está muy lejos de ser un acto de debilidad, pasotismo, dejadez o inmovilidad.

Más bien se trata de todo lo contrario, la verdadera aceptación nace de una profunda comprensión y sabiduría, e implica dejar de reaccionar impulsivamente para empezar a dar la respuesta más efectiva frente a cada persona y ante cada situación.

Janneth Hernández

Porque aquello que no somos capaces de aceptar es la única causa de nuestra reactividad, es decir, de nuestra negatividad, de nuestro malestar y de nuestro sufrimiento.

Así que tenerse en cuenta, valorarse y dedicarse tiempo son aspectos fundamentales que no podemos olvidar en nuestro día a día, porque tener una buena relación con uno mismo es fundamental para sentirse bien y crear vínculos sanos con los demás.

Para poder lograr eso es necesario tomar tiempo para nosotros mismos, desviarnos del camino de vez en cuando solo para retomar fuerzas, llenarnos de energía, deshacernos de lo que no nos deja avanzar, desempolvar lo que nos hace felices, dejar de preocuparnos, llenar el alma de esperanza y entonces, volver al camino.

Libérate de la culpa, al evaluar lo que quieres o piensas

Nuestras limitaciones empiezan con los cuentos de hadas que nos cuentan desde niñas, la princesa necesita ser rescatada por su príncipe azul, le tiene que quedar la zapatilla de Cristal, tiene que llegar a casa a tiempo o su carruaje se convierte en calabaza, debe renunciar a su voz para encajar en la sociedad, entre muchas cosas más.

Olvídate de todos esos cuentos de hadas, no necesitamos ser rescatadas por ningún príncipe, ni un beso para despertar, no necesitamos besar sapos para encontrar a nuestro príncipe azul, no necesitamos la aprobación de la sociedad para ser quien queremos ser.

Tampoco necesitamos un puesto en el mundo porque nosotras mismas podemos dárnoslo, no necesitas esperar a que alguien más determine dónde deberías estar o cómo debería ser.

Vive la vida como la quieras vivir y deja de sentirte culpable por salirte de las normas comunes impuestas por la sociedad, por querer ser diferente y no una más del montón.

Janneth Hernández

Más de alguna vez me sentí culpable y tuve miedo de ser diferente, hasta que entendí que ser diferente era lo que justamente me hacía tan especial.

Deshazte de todas esas culpas infundadas y vive disfrutando todo lo que tienes, sabiendo que eres merecedora de todas las cosas buenas de la vida.

Actúa de acuerdo a lo que deseas, sientes y piensas, sin tener como base la aprobación o desaprobación de los demás

La mayoría de las personas vivimos en un sueño prefabricado a nuestra medida, en este sueño uno solo ve lo que le han enseñado a ver y hacemos lo que nos ha permitido hacer, es como vivir, pensar y sentirte metida en un túnel, sin poder cambiar de dirección.

Es bueno salirse del túnel de lo evidente, de las opiniones cerradas, las de uno mismo y las de los demás, ¡Hay que estar abierto a lo desconocido, a lo inhabitual, a lo inesperado!, no perdamos la capacidad de sorprendernos y de descubrir una realidad distinta, compleja y que puede llegar a ser muy apasionante…

Vive tu vida sin esperar el permiso o la aprobación de nadie más, es tu vida y solo tú puedes vivirla, ten el valor y la determinación para decidir vivir una vida plena, libre y sin ataduras, siéntete orgulloso de estar donde estás y de ser quien eres, en lugar de esperar a que alguien más determine dónde deberías estar o cómo deberías ser.

ELIGE HOY VIVIR EN LIBERTAD

Siéntete responsable de ti misma, ya que esto genera confianza en ti y en los demás

Entiende que solo eres responsable de ti misma, de tu vida y de tus acciones, deja de tomar lo que no te corresponde y empieza a concentrarte solo en las cosas que sí puedes controlar, no puedes cambiar todo, pero siempre se puede cambiar algo.

Entiende que perdiendo tu tiempo, talento y energía emocional en las cosas que están fuera de tu control es una receta directa para la frustración, la miseria y el estancamiento, invierte tu energía en las cosas que puedes controlar y actúa sobre ellas ahora.

Aprópiate de tus decisiones, tú eres la única responsable de ellas, en la vida, solo podemos controlar cuatro cosas:

- Nuestros pensamientos.
- Nuestros sentimientos.
- Lo que decimos.
- Lo que hacemos.

Vive auténticamente al aprender a ser congruente de sentir y de actuar

Somos la forma en que pensamos, actuamos, nos comunicamos, escuchamos, amamos, juzgamos y hacemos, si tú eliges ser, tú tienes el poder, empodérate desde tu esencia, no persigas tendencias, ni trates de ser quien no eres, sé siempre tú misma.

Entiende que el planeta no necesita más personas del montón, así que no te enfoques en llegar a alcanzar el éxito que todos persiguen.

Lo que se necesita desesperadamente son más personas que cultiven la paz, personas que practiquen la solidaridad, la empatía, que ayuden a sanar y rehabilitar, que narren historias y den amor en todas las formas posibles.

Se necesita gente que viva de forma significativa en sus propios espacios, con su propia esencia, con coraje, con valores, dispuestos a luchar por un mundo mejor, más habitable y humano, estas cualidades no tienen nada que ver con el éxito tal como lo entiende la sociedad actual.

Ama la valentía de amarte como persona y comprende que este es un derecho que posees desde el día que naciste

Sé fiel a ti misma, a tus principios, a tus valores, sé fiel a lo que existe dentro de ti, ama y defiende lo que eres, quien eres y reconoce que eres única, un ser privilegiado que tiene capacidades insuperables e incomparables.

Defiende siempre lo que te corresponde por derecho y ponte siempre en primer lugar, ¡no es egoísmo!, empodérate de ese amor, de esa entrega, tú posees tus propias fortalezas, talentos, habilidades y destrezas ¡Qué tu fuerza y grandeza se reflejan en las acciones de tus decisiones!.

Valora tu intuición, la cual te permite actuar con inteligencia, en ocasiones, te ayuda a resolver los conflictos, sí le haces caso, te brindará un bienestar físico y emocional.

No permitas que las personas resten o dividan tu vida, ama tu existencia, tu interior y mejórate cada día, pero no consientas perder tu esencia, porque si ella desaparece, serás solo alguien más en la vida.

El secreto de una vida consciente radica en mantener el equilibrio de la balanza de tu existencia, donde cuidas con el mismo amor y esmero, el lado material, el bienestar emocional y el lado espiritual que conforma tu ser, nunca olvides que el amor, especialmente hacia uno mismo, es el motor que nos impulsa.

Entenderte a ti y a todo aquello que te rodea te ofrece la posibilidad de disfrutar de una vida más consciente.

Acerca de la Escritora
Janneth Hernández

Janneth Hernández

Coautora

Antología #JEL,
MUJERES VISIONARIAS
Corazón de Valor y Fortaleza

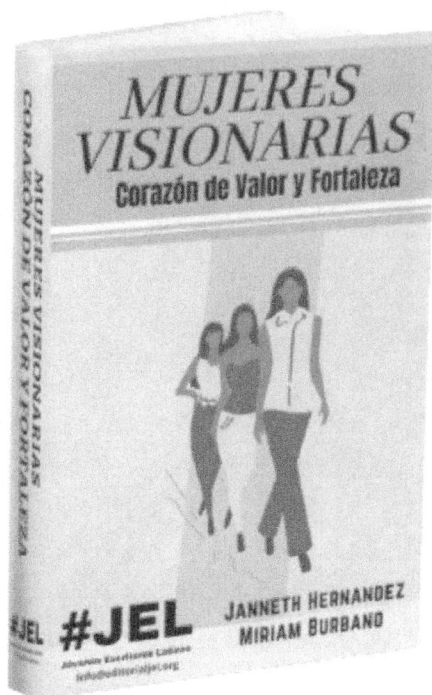

#JEL
Jóvenes Escritores Latinos
info@editorialjel.org

@escritoresjel
info@editorialjel.org

Janneth Hernández, de nacionalidad Mexicana, nació el 31 de diciembre de 1982 y radica en Chicago, Illinois desde el año 2002.

En el año 2013 fue certificada como Advocate (abogado) de Violencia Doméstica, es Fundadora y Directora de la Organización sin fines de lucro "Corazón de Valor y Fortaleza", localizada en Chicago, Illinois, se dedica a ayudar a la comunidad con sus servicios para el bienestar social.

Janneth es una mujer emprendedora y con su deseo incesante de superación, se convirtió en el año 2015 en Entrenadora en Liderazgo y Desarrollo Personal.

Janneth Hernández, también es Mentora en Empoderamiento y Desarrollo personal, es activista comunitaria a favor del Respeto y la Igualdad de Género, es promotora del crecimiento y el empoderamiento de la mujer.

Además, es facilitadora de talleres de Empoderamiento, Liderazgo y Desarrollo Personal, a través de sus talleres promueve el buen carácter humano y servicio a la humanidad.

Es una mujer valiente que predica con el ejemplo, parte de su filosofía de vida es *"Aunque la vida sea dura, yo soy más dura y fuerte que ella, cada obstáculo que la vida le ponga utilícelo como un peldaño para avanzar"*

Para saber más acerca de esta joven autora, sus obras, conferencias y presentaciones, por favor comunicarse al: (773) 639 4984 o al email: hdezjaneth@hotmail.com.

ÍNDICE

Visionaria

Para Maribel Sanchez
Con cariño - Janneth
Hernandez

1-13-23

Made in the USA
Middletown, DE
07 July 2022